a questão humana

François Emmanuel

a questão humana

Tradução
Marina Appenzeller

Copyright © Éditions Stock, 2000
© Editora Estação Liberdade, 2010, para esta tradução
Título original: *La question humaine*

Preparação	Valéria Jacintho e Regina Scharf
Revisão	Elisa Andrade Buzzo
Composição	Johannes C Bergmann / Estação Liberdade
Capa	Nuno Bittencourt / Letra & Imagem
Imagem da capa	© Martine Franck/Magnum Photos/LatinStock
Editores	Angel Bojadsen e Edilberto F. Verza

Dados Internacionais de Catalogação na Publicação (CIP)
(Câmara Brasileira do Livro, SP, Brasil)

Emmanuel, François, 1952-
  A questão humana / François Emmanuel ; tradução Marina Appenzeller. – São Paulo : Estação Liberdade, 2010.

  Título original: La question humaine.
  ISBN 978-85-7448-057-2

  1. Romance belga (Francês) I. Título.

10-08555   CDD-843

Índice para catálogo sistemático:

1. Romances : Literatura belga em francês   843

Todos os direitos reservados à

Editora Estação Liberdade Ltda.
Rua Dona Elisa, 116 | 01155-030 | São Paulo-SP
Tel.: (11) 3661 2881 | Fax: (11) 3825 4239
www.estacaoliberdade.com.br

*Em uma época sombria,
os olhos começam a enxergar.*

Theodore Roethke

Durante sete anos, fui empregado de uma multinacional que designarei sob o nome de SC Farb. De origem alemã, essa empresa tinha importante filial em uma cidade hulheira do nordeste da França. Fui admitido como psicólogo e designado para o departamento de recursos humanos. Tinha duas funções: seleção de pessoal e planejamento de seminários destinados aos executivos da empresa. Não creio ser necessário estender-me sobre a natureza desses seminários, inspirados por essa nova cultura empresarial que situa a motivação dos empregados no centro do dispositivo de produção. Empregavam-se métodos variados, indiferentemente: representação de papéis, dinâmicas de grupo e até antigas técnicas orientais nas quais se procura levar os homens a ultrapassarem seus limites pessoais. Era comum o emprego de muitas metáforas guerreiras. Vivíamos por definição em um ambiente hostil, e minha missão era despertar nos participantes a agressividade natural que possivelmente iria envolvê-los mais, torná-los mais eficazes e, portanto, mais produtivos. Nesses seminários, vi homens maduros chorarem como garotos e trabalhei para que voltassem a erguer a cabeça e retornassem aos exercícios, tendo nos olhos aquele clarão de falsa vitória semelhante, agora sei, à pior das angústias. Assisti sem pestanejar a essas catarses brutais, a esses acessos de louca violência. Era meu papel canalizá-las para o único objetivo que me fora designado: fazer desses funcionários soldados, cavaleiros da empresa, subalternos competitivos de modo que aquela filial da SC Farb conseguisse voltar a ser a empresa florescente que um dia fora.

Devo dizer que a companhia mal começava a se reerguer de um período extremamente difícil. Um plano de reestruturação, elaborado quatro anos antes, provocara a eliminação de uma linha de produção e reduzira o pessoal de dois mil e quinhentos funcionários a mil e seiscentos. De maneira indireta, eu estava implicado naquela reorganização, solicitado pela direção para aprimorar alguns critérios de avaliação que não a idade e o tempo de serviço. Mas ainda não posso falar dessa participação, pois há uma ordem na narrativa menos ligada à cronologia dos fatos do que à lenta e terrível progressão de minha tomada de consciência. O mestre de obras da reestruturação, diretor da filial francesa, chamava-se Mathias Jüst. Com ele eu tinha contatos que se qualificam como orgânicos (reuniões de trabalho, intercâmbio de relatórios), mas só o conhecia por meio da imagem de distanciamento que mantinha junto a todo o seu pessoal: a de um gerente discreto, uma natureza tensa, desconfiada, um ser de dogma e dever, um carrasco do trabalho. Não era possível contestar suas decisões, mesmo aquelas precedidas de uma consulta de fachada. Depois da reestruturação, a matriz alemã enviara para trabalhar ao seu lado um certo Karl Rose, cujas funções permaneciam vagas: diretor-adjunto, mais especificamente ligado às questões de pessoal. Os boatos corriam soltos a respeito da relação entre os dois homens, embora estes alegassem ser amigos e nunca deixassem de se exibir como colaboradores solidários, sem sombras de dissensão. Para dizer a verdade, sob certos aspectos, Karl Rose parecia o extremo oposto de Mathias Jüst. Era um quarentão sedutor, desembaraçadamente demagogo, dizendo "você" para suas secretárias, que gostava de se misturar aos empregados, cujos nomes de batismo muitas vezes conhecia. Por trás dessa aparência que transmitia segurança, dissimulava-se um homem muito hábil nas relações, um jogador ardiloso, amavelmente cínico e que parecia avançar um a um de seus peões em uma partida cuja essência permanecia oculta para nós.

Quando Karl Rose em pessoa convocou-me a seu escritório em um dia de novembro de 19..., pressenti que a conversa não seria puramente formal. Nevara muito naquele dia, cedo demais para a estação. Devido aos muitos atrasos provocados pela neve, tive de adiar meus compromissos da manhã. Rose acolheu-me com cumprimentos, disse apreciar meu dinamismo e felicitou-me por ter introduzido com meus seminários esse "novo conceito das relações humanas na empresa" que começava a dar frutos. Posto isso, pediu às secretárias que não o interrompessem em hipótese alguma e exigiu de mim que jamais revelasse a alguém a conversa extremamente confidencial que iríamos ter. O caso era grave, pois tratava-se do próprio Mathias Jüst. (Pronunciava o nome à maneira alemã: Iüst.) Antes de ir mais longe, quis saber da natureza de minhas relações com o diretor-geral. Respondi-lhe que eram estritamente profissionais, que não tinha ligações pessoais com o homem, que nos encontrávamos muito raramente, só por ocasião de reuniões. Afora essas oportunidades, cumprimentávamo-nos com cortesia, mas sem falar nada além de banalidades. Era uma resposta próxima da verdade. Falei que esta é uma conversa confidencial, frisou Rose, e, como psicólogo, o senhor não deve ignorar todo o peso das palavras; agora quero que me entenda bem: só desejo compartilhar com o senhor *nossa* preocupação. Em seguida, participou-me uma série de suspeitas relativas ao que era preciso chamar de estado de saúde mental de Jüst. As suspeitas eram vagas, mas talvez ele desejasse deixá-las naquele estado de imprecisão para não se comprometer demais num primeiro momento. Provinham de uma das duas secretárias pessoais do diretor, eram confirmadas pelo que chamava de detalhes inquietantes. Conheço Jüst há dez anos, confiou Rose, conversava com ele na matriz quando de nossas reuniões mensais, convivo aqui com ele todos os dias e constato há alguns meses que deixou de ser ele mesmo. Trata-se de intuição, de uma série de pequenas observações, mas, para quem conhece o homem, a mudança foi impressionante. Digo a mudança, pois temo dizer a doença: não ouso chegar a esse ponto. Cabe ao senhor me esclarecer sobre o caso, é especialista no assunto. Compreenda, insistiu Rose, que o problema é extremamente grave, Jüst é uma das pedras angulares de nosso dispositivo na França e de nossa recuperação. Querem saber na Alemanha o que está acontecendo com ele, querem um relatório detalhado. Se o relatório for positivo, todos ficarão mais tranquilos, eu, em primeiro lugar, pois tenho muita amizade e até uma dívida para com o diretor-geral. Nesse ponto, Karl Rose pontuou seu discurso com um silêncio. Com respeito a essa missão *especial*, tornou, deixo-o gerir seu tempo à vontade; pode deixar para depois o que pode esperar. Com certeza precisará ter um contato pessoal com Jüst sob algum pretexto a fim de formar uma ideia mais precisa sobre a questão. O senhor Jüst frequenta todos os sábados à tarde o clube de golfe do qual a firma é sócia, talvez pudesse aproveitar essa oportunidade para tentar uma aproximação. Quando perguntei a Rose se achava oportuno eu conhecer a secretária com quem falara, o diretor-adjunto hesitou por alguns instantes, mas acabou respondendo que sim. Garantiu-me que a avisaria, porém pediu-me para conduzir minha investigação com toda a delicadeza necessária, pois a senhora em questão continuava muito ligada a seu chefe. Pedi um dia para pensar antes de dar minha resposta. Rose concedeu-mo de boa vontade. Ao deixá-lo, senti que fora muito sutilmente manipulado. Devo dizer que essa impressão retornava após todos nossos encontros, pois o homem jamais manifestava o fundo de seu pensamento. Provavelmente, dizia a mim mesmo, existe um obscuro jogo de poder entre os dois diretores. Nesse caso, se a força dos dois for quase igual, só posso me queimar. Mas Rose falara demais sobre o assunto e recusar aquela missão poderia tornar-me incômodo para ele. Finalmente, aceitei-a sem vontade, prometendo-me conduzir uma investigação discreta e entregar o relatório mais neutro possível. Se não experimentasse uma enorme curiosidade pelo que estava se tramando na sombra e até o sentimento ilusório de conseguir dominar o jogo apesar de tudo, encontraria um pretexto para declinar da proposta.

A secretária mais velha de Mathias Jüst teve um momento de receio ao me ver empurrar a porta de seu escritório. Aceitou sem fazer perguntas o encontro que eu lhe propunha em um dos bares chiques da cidade, no centro comercial. Solteira, cerca de cinquenta anos, era elegante, miúda, sempre vestida com um tailleur impecável. Chamava-se Lynn Sanderson e conservara da infância inglesa um sotaque untuoso, levemente cantado. Passou a maior parte do tempo de nossa conversa negando que seu chefe tivesse o menor problema e lamentando por ter se aberto com o senhor Rose em virtude de uma inquietação que se revelava sem fundamento. Repetia-me que o senhor Jüst, como se esse fosse o meu problema, que o senhor Jüst era um homem muito íntegro, profundamente rigoroso e que respeitava muito os que o cercavam. Admitiu, no máximo, que às vezes passava por momentos difíceis, provavelmente como todos nós, devido a preocupações que qualificou de pessoais. Ao pronunciar tais palavras, escondia mal sua emoção. Como eu lhe assegurasse que meu papel era antes de mais nada ajudar as pessoas em dificuldade e que minha ética profissional garantia que nossa conversa permaneceria confidencial, pareceu bem perto de baixar a guarda. Hoje tenho consciência da hipocrisia dessa profissão de fé ética e como o uso do termo *confidencial* remetia ao pacto com Karl Rose. Lynn Sanderson caiu em parte na armadilha. Deixou-se conduzir, a voz entrecortada, rumo a uma das preocupações pessoais de seu patrão, que tivera um único filho, natimorto, e passava desde então por períodos de tristeza profunda. Ninguém está fora do alcance da desgraça, observou, olhando para o nada. Acreditei captar naquele instante que um laço particular a unia com seu diretor. Talvez tivessem sido amantes, talvez ambos evitassem um amor que jamais seria declarado, ou talvez ela o amasse em segredo, com aquele apego tenaz de que algumas mulheres são capazes, mas então por que fora falar com Rose e arriscara-se a trair a ligação? Naquele dia, não obtive uma resposta. Pareceu-me oportuno não insistir, desviar a desconfiança da secretária falando do que tínhamos em comum e assim marcar um encontro ulterior. Ambos gostávamos muito de música, ela era violinista nas horas vagas, melômana informada, sensível a Bach, Fauré, Franck, Schumann. O senhor Jüst também era violinista amador. Aquele homem, embora tão severo consigo, revelava uma enorme sensibilidade para a música. Mas deixara de tocar, achou ela por bem acrescentar.

Um envelope confidencial que chegou a meu endereço particular traçava a carreira de Mathias Jüst na SC Farb. A escrita nervosa de Rose (*"A quem possa interessar"*) coroava o documento carimbado em alemão: **Direção geral (Haupdirektion), proibido divulgar sob qualquer pretexto.** Por ele fiquei sabendo que Jüst entrara para a firma aos vinte e cinco anos. A princípio trabalhara como engenheiro; após um estágio na matriz, subira aos poucos até tornar-se diretor-adjunto à produção e por fim diretor-geral, sempre na filial francesa. A conduta da reestruturação era mencionada em poucas linhas. Só se mencionava seu rigor nas negociações e duas aparições na mídia, consideradas "precisas e convincentes". Um fato em particular chamou minha atenção: na época em que ainda não era diretor-geral, Jüst regera durante muitos anos um quarteto de cordas formado com três outros músicos da firma. O Quarteto Farb (era esse seu nome) apresentara-se "com sucesso" nas festas anuais da empresa. Seu último espetáculo remontava a oito anos. Com o currículo profissional do diretor-geral, havia duas folhas que nada tinham a ver com ele, reunindo vários bilhetes retangulares, dispostos um sobre o outro e fotocopiados. Reproduzo exatamente como vi alguns desses fragmentos datados, referentes aos dois últimos anos, que testemunhavam uma prática evidente de delação na empresa:

12. IV, 17. IV, 21. V: Atraso não motivado.

3. VI: Mal-estar no comitê de direção, incapaz de ler suas anotações; pretexto: uma enxaqueca oftálmica.

4. VIII: Isolou-se em seu escritório a manhã inteira, não atendeu ao telefone. Ruídos de água (?).

2. IX: Modificação de assinatura, simples repetição da rubrica, amostra em anexo.

23. XI: Queixa à firma de limpeza por pretenso furto de documentos. Uma investigação interna concluiu pela ausência de provas. Retirou sua queixa.

6. II: Chegada ao estacionamento uma hora antes da abertura dos escritórios, permaneceu imóvel em seu veículo durante todo esse tempo.

14. II: Sua autorização de caça parece ter passado pelo triturador de documentos.

5. VI: Estado de embriaguez (provável, não confirmado), onze horas da manhã.

9. VIII: Perdeu suas luvas de pele. Transtornado. Comportamento estranho.

2. XI: Substituição de seus dois telefones pessoais. Suspeita de dispositivo de escuta.

12. XII: Teria tomado providências para modificar seu nome (Jüst transformado em Schlegel, sobrenome da mãe). Pedido finalmente não aceito.

Uma página de caderno quadriculada estava grampeada à última folha. Apresentava uma amostra de sua letra. Provavelmente trata-se de um bilhete passado para Rose em plena reunião. Pouco legível, o texto (*"Karl, não mencione B. em sua lista de argumentos para venda, eles estão a par"*) era atravessado a lápis por linhas oblíquas, as letras *a* e *m* encontravam-se rodeadas por um círculo, alguns vazios no meio das palavras estavam sublinhados.

Minha visita ao clube de golfe no sábado seguinte revelou-se improdutiva. Soube que Jüst deixara de frequentar o local há muitos meses, que antes lá ia com muita regularidade e efetuava, solitário, às vezes sob chuva, o mesmo percurso de nove buracos. Decidi tentar outro esquema de aproximação. Graças a uma amiga, do departamento de pessoal, obtive algumas informações sobre o Quarteto Farb. Descobri que Lynn Sanderson, assim como um representante de comércio, despedido depois, e um doutor em química, violoncelista, chamado Jacques Paolini, dele haviam participado. O homem recebeu-me no universo gelado de suas telas, cromatógrafos e outros aparelhos de precisão. Era um personagem todo redondo, de bonomia aparente e ironia sutil, embora simulasse tom lento. A música é uma moça caprichosa, disse-me. Os quartetos de cordas são ainda mais perigosos. Pegue quatro cartas: rei, rainha, valete, seis. Ou um rei de espadas, um dez de ouros, um seis de paus, um três de copas. Trata-se de uma combinação que não pode funcionar, é melhor baixar as cartas e desistir da aposta. Quem era o rei?, perguntei-lhe. Ele sorriu: o senhor não vai ter qualquer dificuldade para adivinhar as quatro cartas: um diretor ou quase, uma secretária, um representante comercial, um químico. A música não gosta dessa hierarquia. Seriam preferíveis quatro valetes, ou mesmo quatro dez, uma bela quadra. Houve desentendimento?, arrisquei. Não foi exatamente desentendimento, respondeu-me, foi desarmonia. Não concordávamos. O quarteto de Franck fora um massacre, a décima quarta de Schubert fora muito pouco melhor. E como Jüst tocava? Ele precisou: com tensão, exigência maníaca, o gosto do domínio que faz a música fugir. Em todo perfeccionismo existe um terrível medo do vazio. Paolini avaliava-me por cima dos óculos. Essa experiência tornara-o amargo, disse-lhe. Ele esquivou-se à sua maneira: a amargura é uma maneira de ser, devo ter aprendido isso com meu instrumento. Os acordeonistas aquecem a melancolia popular, os violinistas tentam o sublime.

Seu rosto iluminou-se com um sorriso sutil. E o senhor, o que entende de música, senhor psicólogo organizacional?

Meu primeiro contato com Mathias Jüst ocorreu por telefone no dia seguinte. Insistiu para saber o motivo do encontro que eu solicitava. Quando evoquei o Quarteto Farb, ficou tanto tempo em silêncio que, por um instante, achei que haviam cortado a ligação. Marcou a conversa para aquela mesma tarde, às seis e meia em ponto, depois que as secretárias fossem embora e após o horário de encerramento das atividades dos escritórios. Esse primeiro encontro ficou assinalado em minha lembrança como um filme sobreposto, um pouco assustador. A luz de néon do forro espalhava uma luminosidade muito crua, Jüst encarava-me, imóvel, torno agora a ver seu olhar duro no fundo de um rosto anguloso, sobrancelhas espessas, cabelos castanhos à escovinha, boca muito grande, pescoço robusto. Fez-me perguntas insistentes sobre os motivos de meu interesse pelo Quarteto Farb, sem jamais parecer satisfeito com minhas respostas. Por várias vezes, anotou algo em um caderninho minúsculo e chegou a pedir-me que soletrasse meu sobrenome, que no entanto devia conhecer. O fato de eu, mesmo trabalhando como psicólogo, investigar se a ideia de uma orquestra dentro da empresa poderia ser de novo estimulada parecia-lhe estranho. Suspeitava de outra coisa. Sendo minha admissão na sociedade posterior à dissolução do quarteto, queria saber de qualquer maneira quem mencionara sua existência. A alusão a Paolini pareceu não agradar-lhe, mas não fez qualquer comentário. Sem transição, pediu-me que descrevesse a natureza de meus seminários, dos quais dizia desconfiar, mas que "estavam na moda". Com muita brusquidão, levantou-se bem no meio de minhas explicações e foi lavar as mãos no banheiro adjacente a seu escritório. Do lugar em que estava sentado, via-o de costas esfregando as mãos metodicamente, com uma escovinha, e estava tão absorto naquela tarefa que tive a impressão de que me esquecera. Quando tornou a sentar-se, parecia ao mesmo tempo aliviado e ausente. Disse: vou ver se disponho em meus arquivos pessoais de um registro do que fazíamos. E acompanhou-me até a porta sem me estender a mão.

No dia seguinte bem cedo, foi ele quem me chamou para anunciar-me que encontrara a documentação do Quarteto Farb e que me convidava para ir à sua casa no sábado seguinte a fim de mostrá-la. Falava de maneira entrecortada, entre os silêncios o fluxo de sua voz era precipitado. Acreditei que cancelaria o encontro mais tarde. Não cancelou. Para dizer a verdade, a perspectiva daquele encontro amedrontava-me um pouco, porque adivinhava a aceleração de uma história que acreditava poder dominar. Também atribuía meu mal-estar à espécie de aura mortal que emanava daquele homem, à tensão extrema que sufocava seus gestos, à secura de suas frases, como se só conhecesse o registro da ordem ou das instruções diante do outro. Escolhi o termo mortal por lembrar-me de que ele parecia abrigar tanto a morte quanto o assassinato; em seu olhar, a passagem muito rápida da fúria à inquietação fazia-me hesitar entre as duas faces da pulsão.

Ele morava em uma das mansões recém-construídas à beira do lago, residência fria e luxuosa, cercada de um jardim francês mantido com perfeição. O portão era aberto por telecomando. Duas colunas de mármore grego enfeitavam a porta de entrada. Jüst recebeu-me em uma salinha de estar ao lado de um saguão. Ele estava mal-acomodado em uma poltrona baixa, pequena demais para ele, naquele ambiente burguês de vidros, porcelanas e lindas molduras de mogno. Mas não era apenas a sua altura, sua violência contida que explodiam na salinha, havia algo de negligente ligado à sua aparência, um contato desinibido, às vezes brutal, uma espécie de desenvoltura que a ansiedade de seu olhar desmentia. Percebi que estava embriagado. Até julguei adivinhar que ele bebera para abrandar o receio que minha visita suscitava, pois pressentia que eu anunciava um acontecimento do qual não poderia mais se livrar, e via-se obrigado a fazer aliança comigo. Quando sua esposa irrompeu com a bandeja de copos para o aperitivo, descobri com um único olhar toda a angústia daquela mulher. Era uma senhora bem-cuidada, precocemente envelhecida, com um coque branco encimando um rosto de olhos tristes; era, evidentemente, a esposa submissa que se chama nesse meio de uma senhora do lar. Seu nome era Lucy. Quando voltou para a cozinha, a conversa foi retomada, fragmentada, um tanto desconexa, semeada de perguntas sobre minha vida pessoal (mas será que estava ouvindo as respostas?), de generalidades a respeito da música, e de lembranças, já que eu viera para isso, algumas lembranças um pouco forçadas relativas a seu aprendizado de violino, o estabelecimento, os raros momentos de brilho do Quarteto Farb. Seu professor fora um certo Zoltan Nemeth, cujo nome não seria de bom tom que eu ignorasse. O quarteto ensaiava às terças-feiras e aos domingos, sua secretária participava dele, eles haviam tocado Dvorak, Frank e até Schubert. A essa evocação, anunciou, a voz surda: *A donzela e a morte*, achei a gravação.

E levantou-se, cambaleando um pouco. Convidou-me a acompanhá-lo até um cômodo espaçoso, cujas enormes vidraças davam para o lago. Sentamo-nos à janela, uns seis alto-falantes cercavam a sala; ele ligou o aparelho com o controle remoto, e as primeiras notas do andante surgiram, lentas, lentas demais, ásperas, um pouco mecânicas e contudo marcadas por aquela melancolia tensa que impregna as obras mais puras do professor vienense. Foi então que ocorreu o incidente: primeiro ouvi-o proferir sons em alemão, algo surdo e vagamente encantatório; em seguida jogou a cabeça para trás e, agarrando-se aos braços da poltrona, começou a berrar: *Genug! Genug!* Por fim desligou o aparelho de som. Recuperou a calma aos poucos, repetindo: é insuportável, o senhor está vendo, insuportável, e acrescentou esta frase que anotei mais tarde, tanto me pareceu curiosa: "A música dos anjos, o senhor sabe, dez, vinte deles uniram-se para dilacerar-me o corpo..." Seu olhar permaneceu fixo por algum tempo, as mãos crispadas nos braços da poltrona; depois levantou-se e deixou-me sozinho. Uma porta bateu na casa, o barulho de um objeto que descambava pela escada, e, em seguida, Lucy apareceu à porta. Tremia e estava muito pálida; murmurou: não é grave, senhor, meu marido é um ser sensível, não ouvia música há muitos meses. E insistiu para que eu não fosse embora sem pelo menos despedir-me de seu esposo. Ele ressurgiu alguns instantes depois, entorpecido, embora se obrigasse a sorrir, tentando minimizar o que acontecera, atribuindo o incidente à interpretação desastrosa do quarteto e ao terrível perfeccionismo que o fazia perder qualquer "bom senso" quando percebia "o grande número de erros que cometera". Voltamos à salinha de estar, ele ainda estava sem fôlego, com os olhos brilhantes, esforçando-se para se recuperar. Quando Lucy nos deixou a sós, ele perguntou-me se eu tinha contatos regulares com Karl Rose, preocupado em saber se o diretor-adjunto se interessava por meu trabalho, se por acaso se sentia envolvido com meu departamento. Esquivei-me o quanto pude. Ele disse o seguinte: sua função interessa-me, a "questão humana" interessa-me, preciso conversar com o senhor, porém mais tarde, sobre um determinado problema. Evoquei um compromisso familiar para fugir.

Lucy Jüst telefonou-me no escritório na segunda-feira seguinte. Sua voz estava trêmula. Sob um pretexto bastante fútil (eu esquecera minha bolsa de tabaco em sua casa), convidava-me para passar por lá assim que possível. Decidi visitá-la no final da tarde, bem antes da hora em que Jüst costumava sair da empresa. Ela introduziu-me em uma sala de jantar imensa onde o silêncio pesava devido às batidas de um relógio de parede. Do outro lado da mesa, por trás da bandeja de chá na qual não tocava, Lucy mal ousava erguer os olhos, escolhendo suas palavras com precaução. Não sei de fato quem é o senhor, nem quais são suas intenções, começou, ouso esperar que sejam claras e que seus estudos de psicologia permitam compreender sem julgar. O senhor mesmo deve ter constatado: meu marido não está bem. Provavelmente a música é para ele uma provação insuperável, mas o senhor não podia saber disso. Mathias não pode mais ouvir música há muito tempo, diz sentir dor, lâminas que cortam seu corpo, é o que diz. Mas o que me dá medo, senhor, gostaria de encontrar as palavras adequadas, o que me dá medo é seu olhar de vez em quando, parece estar fora de si. Fecha-se à noite em seu escritório e ouço-o andar de lá para cá falando em voz alta. Quis pegar sua arma pessoal porque às vezes pronuncia coisas terríveis. Mas a arma não está mais na gaveta. Outro dia, surpreendi-o no quarto de nosso pequeno Aloïs. Estava deitado ao lado do berço, imagine seu corpo enorme, peguei-o pela mão e ele deixou que eu o levasse. A morte de nosso filho é uma tristeza que jamais desaparecerá, embora o pobrezinho nem tenha chegado a respirar. Tente compreender, senhor, a esperança que uma criança representava nesta casa tão grande e bela. Pensamos duas vezes em adoção, mas, nessas duas vezes, Mathias interrompeu os trâmites, não entendi por quê. Acredito que tenha raiva do senhor Rose, ao qual, no entanto, éramos muito ligados. A senhora Rose era minha amiga íntima, mas ele me proibiu de vê-la. Talvez não devesse estar lhe dizendo tudo isso, senhor, adivinho como ele ficará contrariado ao saber que estou me abrindo consigo, mas com quem mais poderia falar? Ele recusa a ajuda de todos, acha que não está doente, diz que é uma tramoia. Essa palavra me dá medo, na sua especialidade acho que chamam isso de paranoia, não é? A não ser que se trate mesmo de uma tramoia, mas por que não me fala do caso? Éramos um casal muito unido. Fechou-me até a porta de seu escritório. Finalmente ergueu os olhos para mim. Será que o senhor poderia me ajudar a compreender meu marido?, implorou-me com candura. Não sabia o que responder. Prometi-lhe manter contato com ela e esperar o encontro que o marido me propusera para emitir uma opinião. Essas palavras aparentemente aliviaram-na. Na parede havia uma grande fotografia, onde se via Mathias Jüst posando, aprumado, muito solene, ao lado da pequena Lucy, que afundava contra seu ombro; nos olhos, um clarão terno e jovial que eu nunca presenciara. Aquele reflexo emoldurado de outra época parecia pressagiar desgraça naquela grande sala de jantar neogótica com lustres e candelabros de estanho. Lucy apertou-me a mão com ansiedade e permaneceu à porta até meu carro desaparecer na esquina. Ela ainda parecia suplicar e velar com seu tamanhinho a sombra vacilante do homem com o qual compartilhara durante anos as noites frias e as esperanças.

O novo envelope que Karl Rose mandou-me, outra vez para meu endereço particular, acrescentou um elemento cujo alcance verdadeiro ainda não consigo entender. Era uma carta bastante longa, que Mathias Jüst escrevera ao diretor da matriz. Anexa, a versão datilografada. Tratava-se de um relatório técnico aparentemente banal, que evocava os números da produção, dados do pessoal, perspectivas e projeções para o ano seguinte, segundo duas hipóteses, K e B, que não eram especificadas. Karl Rose queria chamar minha atenção não tanto para o conteúdo da carta quanto para as diferenças entre a versão escrita original e sua cópia datilografada. O texto manuscrito era de fato enriquecido pelas palavras omitidas que figuravam na carta definitiva. Concluí que a secretária de Jüst, provavelmente Lynn Sanderson, corrigia as cartas de seu chefe, mas, outra vez, não entendia por que, ao mesmo tempo, encobria seus erros e prestava-se ao papel de delatora. Essa pergunta ocultou de mim o elemento central daquele documento duplo. Não tive consciência de que não fora o simples acaso que gerara a omissão das palavras, mas que os substantivos que faltavam pertenciam a uma rede de significados particular, que eram como os elementos de uma charada que nem Rose nem eu conseguíamos decifrar. Mais tarde, ao reler a carta, percebi a omissão de certas palavras, como **Abänderung** (modificação), **Anweisung** (instrução) ou até, duas vezes, **Betrieb** (funcionamento). Assim, havia na cabeça de Jüst um censor de palavras, um programa que barrava certos vocábulos, produzia um branco, uma ausência. Se tivesse então tido a presença de espírito de listar as palavras que faltavam, como se pertencessem a uma língua proscrita, mas que funcionava em segredo, talvez houvesse decifrado parte do enigma. Uma leitura atenta até me faria descobrir alguns deslizamentos de caneta ou a presença de um termo intruso ilegível, como **Reinigung** (limpeza) ou **Reizung** (excitação)... O mal escrito, o mal dito é a maldição de toda essa história, concentrada no original daquela carta técnica, a letra apressada, transtornada, como se a trama bem plana do que ele chamara o senso comum nela se encontrasse deformada, tivesse extravasado por todos os lados diante da maré do tumulto, do insensato, do inominável que subia.

"A questão humana, a questão humana", ele martelava. Revejo-o na noite de nosso terceiro encontro, e lembro-me de meu medo, físico. Telefonara-me no final da tarde para convocar-me a ir a seu escritório às vinte horas em ponto. Não compreendia onde queria chegar com essa "questão humana". Decerto referia-se à ideia que formara a respeito de minha função, mas por que tanta insistência? Dessa vez parecia senhor de si, embora seu olhar fosse tenso, fixo, seu tom de voz um pouco declamatório, como se recitasse um texto que repetira mentalmente para si. De novo sentia uma extrema violência por trás da solenidade do discurso que me fazia. Eu temia o tempo todo que aquela circunspecção rebentasse, que ele explodisse em gritos e invectivas. Enquanto falava comigo, alisava com o dedo uma régua metálica sobre sua escrivaninha. Não posso ignorar, descarregava ele, a importância da dimensão humana, ela continua sendo uma preocupação constante para mim, em virtude dela insisti para que o senhor participasse pessoalmente de todas as reuniões referentes às escolhas fundamentais da empresa. E, se, durante esse longo teste que a reestruturação foi para nós, lhe pedi que refinasse cada vez mais os critérios de avaliação do pessoal, foi porque sempre me preocupei em relacionar o fator humano com as necessidades econômicas. Mesmo no auge da crise, saiba que jamais ignorei como essa questão era central. Toda empresa, do operário ao diretor, encontra-se diante dela um dia. Do operário ao diretor, frisou. Depois marcou um longo silêncio, vi sua boca contorcer-se e, enquanto uma sombra de pavor traspassava seu olhar, ouvi-o declarar, a voz sombria, pesando cada sílaba: sei muito bem, senhor, sei muito bem que Karl Rose o incumbiu de me vigiar. Karl Rose encarregou-o dessa tarefa porque pouco a pouco, destilando evasivas mentirosas, sondando meus próprios colaboradores, tenta me desestabilizar. Se quer me eliminar, é porque sabe que disponho de informações íntimas e comprometedoras a seu respeito, de extrema gravidade. São estas as informações, senhor, a essa altura não tenho mais nada a esconder: Karl Rose chama-se, ou melhor, chamava-se, Karl Kraus. Em 1936, Heinrich Himmler fundou o movimento **Lebensborn**, literalmente, "fonte de vida", com o intuito de recolher em maternidades e creches as crianças de raça ariana, em geral órfãs. Quando da derrota, muitas dessas crianças morreram, algumas foram adotadas por famílias alemãs, como foi o caso de Karl Rose. Esse homem é portanto uma criança Lebensborn, com certeza não é responsável por isso, mas isto explica por que cresceu em uma família nostálgica da Ordem Negra e que manteve uma fidelidade duvidosa para com personagens que professavam essa ideologia. Disponho de provas concretas que atestam doações dele a uma sociedade fictícia encarregada de entregar essas somas a um grupinho de extrema direita que nele abriga um milícia paramilitar. Tenho todos esses documentos, senhor, porque também tenho meus investigadores. E não me foi difícil juntar todos os pontos. Ostentou um sorriso crispado, quase uma careta. Agora o senhor compreende, insistiu, compreende? E, no interminável silêncio que se seguiu, numa longa troca hipnótica de olhares, ouvi-o proferir, a voz surda, murmúrios em que acreditei escutar a palavra Todesengel, que significa "anjo da morte". Terminou a conversa com um gesto irritado, fez a poltrona girar para a janela e despediu-se de mim com as seguintes palavras: agora faça o que quiser, senhor, disse o que tinha a lhe dizer.

Aproximava-se a época do Natal. Pretextei uma gripe para não aparecer no escritório por duas semanas. Durante todo esse período, nem sinal de Karl Rose. Pedira-me o relatório sobre Jüst para o fim do ano. Não pude escrever uma única palavra. Evocar a seu respeito um simples esgotamento nervoso constituiria uma arma perigosa, e não tinha vontade de servir a um senhor cujas intenções me pareciam cada vez menos claras. Embora não pudesse ignorar que Mathias Jüst estava ficando louco, que suas defesas estavam cedendo uma após a outra, que suas alegações sobre Karl Rose provavelmente fossem delírio, elas introduziram em mim uma dúvida, a impressão de participar de um jogo mórbido cujas regras eu desconhecia. E não conseguia me livrar da ideia de que havia algo de verdade no ponto em que a convicção delirante de Jüst se apoiava. Era a primeira vez que sentia inibição e até repulsa por meu trabalho, algo como a manifestação de um ceticismo profundo que nunca quisera confessar a mim mesmo. Esse período de Natal revelou-se mais enfadonho do que nunca. As ruas jorravam guirlandas luminosas, os alto-falantes despejavam por toda parte músicas melosas de orquestra, as pessoas amontoavam-se nas lojas em busca de objetos fúteis em um ambiente de festa combinado, interminavelmente consumido. Nessa época fui vítima de telefonemas nos quais identificava uma respiração antes de ouvir o ruído abafado do desligar. Alguém tentava falar comigo, mas não conseguia. Não sei por que me convenci de que essa pessoa era uma mulher. Talvez a confirmação disso tenha sido a voz aguda e fraca de Lynn Sanderson do outro lado da linha. Ela queria me encontrar, mas cancelou o compromisso algumas horas depois. Decidi não me fazer perguntas sobre essa reviravolta, nem, aliás, sobre o jogo incerto dos presságios que não podia deixar de perceber. Preferi permanecer em uma vaga expectativa e deixar as coisas acontecerem, se tivessem de acontecer, o mais longe possível de mim.

Mathias Jüst sofreu um acidente em 21 de dezembro, ou seja, no dia seguinte a nossa terceira conversa. Soube do ocorrido por uma carta de Lucy Jüst, quinze dias após o acontecimento. Dizia o seguinte: *"Arrisco-me a escrever ao senhor, pois foi a única pessoa a quem me abri sobre as dificuldades de meu marido. Em nossa desgraça, esse terrível acidente tem o mérito de obrigar Mathias a se tratar. Está no hospital de R. Após duas semanas muito penosas, acho que finalmente está começando a melhorar. Ontem creio ter compreendido que desejava uma visita sua. Faço de mim sua mensageira, embora seus sinais tenham sido vagos e talvez contraditórios. Admitem-se visitas à noite. Saio de casa todos os dias por volta das quinze horas para ir até a clínica. Por favor, não fale a ninguém nem mesmo da existência desta carta. Que Deus ajude o senhor a compreendê-lo. Lucy Jüst."*

No hospital de R., Mathias Jüst estava internado no andar de psicopatologia. Lucy aguardava-me diante da porta de seu quarto. Disse-me imediatamente: nunca esteve tão mal, não deveria ter-lhe pedido para vir. Uma lamparina na parede espalhava uma luz amarelada pelo cômodo. Jüst estava completamente deitado, os olhos fechados, os braços ao longo do corpo. Lucy debruçou-se junto a seu ouvido para dizer que eu estava ali. Ele não reagiu. Sua respiração curta revelava que não estava dormindo, que até estava atento ao menor ruído, protegido por um invólucro de imobilidade que se chama catatonia. Gaguejei algumas palavras, ele entreabriu os lábios e proferiu no silêncio: "Schmutz, Schmutz", que significa "sujeira, mancha, imundície". Pousei a mão na borda da cama e senti que ele deslocava a sua em direção a meu braço, que apertou de repente com tal força que todo o meu pensamento foi feito prisioneiro daquele grampo vigoroso, pesado, quase doloroso. Foi um instante de intimidade forçada com aquele homem do qual, no entanto, conhecia a fobia do contato físico. Não conseguia me mexer e observava detalhadamente seu perfil ossudo, o lento gotejar do soro e um caderninho de anotações no criado-mudo, onde haviam despejado algumas palavras com uma mão desajeitada. Após longo tempo, ele soltou o grampo, e tive a impressão de que adormecera. Lucy acompanhou-me até o saguão de entrada do hospital. Então deu-me a verdadeira versão do acidente. Era uma terça-feira, ele esperara a esposa ir a seu coral para guardar seu carro na garagem. Metodicamente vedara com uma fita adesiva larga todas as entradas de ar, engolira soníferos, ligara o motor e adormecera com as janelas abertas no banco do passageiro. Devia sua vida a um pressentimento que se apoderara de Lucy no meio do ensaio. Contou-me em detalhes com uma precisão fascinante todos os seus esforços para abrir caminho em um nevoeiro asfixiante até o carro, desligar o motor, arrastar o corpo do marido até a escada da lavanderia e desbloquear o mecanismo de abertura da porta da garagem. Assim que Jüst acordou, disse-me ela, proferiu palavras terríveis. Lucy especificou: palavras negativas, visões pessimistas, desesperadas, a ideia de que todas as crianças do mundo morriam uma após a outra, que havia uma espécie de maldição pesando para sempre sobre o gênero humano. Lucy pronunciava aquelas palavras com dificuldade, como se fossem proibidas, blasfematórias. Quis saber se seu marido tivera acessos desse tipo após a morte do pequeno Aloïs. Ela ficou algum tempo em silêncio e depois respondeu-me algo que nada tinha a ver com o assunto. Mais tarde compreendi a pertinência daquela resposta aparentemente deslocada. Evocou o pai do marido, Theodor Jüst, comerciante marcado pela guerra, uma pessoa brutal e inflexível, que conhecia uma única palavra, Arbeit, que infligia a seu filho único, se este não tivesse absoluto sucesso no que empreendia, castigos desmedidos, como bater em Mathias até tirar sangue com um chicote de couro ou trancá-lo por um dia inteiro em um porão sem luz. Quando ia me despedir, Lucy pediu-me para ficar com ela mais um tempo. Percorremos em silêncio o corredor que dava a volta no pátio. Não nos abandone, suplicou-me antes de eu ir embora, sei o quanto ele precisa do senhor. Naquela noite, chovia a cântaros. Ao entrar no carro sob a chuva que caía, tive a sensação bem nítida de que penetrara na sombra de um homem, ou pior, de que sua sombra tocava a minha e de que sua mão encerrada sobre mim selava uma cumplicidade, a partilha de um erro, a volúpia dessa partilha, algo sombrio e indistinto que estranhamente eu ligava ao que ele chamara de a questão humana. Essa associação voltou à noite, a insônia durou infinitamente, na espera nervosa marcada pelos números vermelhos do relógio digital, com o desfile, o esgotamento progressivo das mesmas imagens, até a palidez da aurora deixar meu corpo sem forças, todo entorpecido de sono.

Karl Rose mandou-me este bilhete particularmente hipócrita para convidar-me a contatá-lo novamente: *"Fiquei muito abalado com o acidente do senhor Jüst. As raras notícias que recebo de sua mulher são, felizmente, reconfortantes. Ficaria satisfeito em tornar a discutir com o senhor sobre aquilo de que falamos, embora esse acontecimento brutal pareça modificar um pouco o jogo."* Conversamos dois dias depois. Bem depressa notei que Rose não estava a par da verdadeira natureza do acidente e que desejava a qualquer preço saber mais. Fingi ignorância. Ele deve ter percebido e atacou por outro ângulo: a impressão clínica que tive de Mathias Jüst. Esquivei-me, menti com respeito a nossos encontros, ele acuou-me, tentou saber o que eu entendia por excesso de cansaço, por crise pessoal "como todos nós temos". Observou-me recuperar-me, desdizer-me, matizar, recuar com relação a minhas posições anteriores, inventar que nada ou quase nada sabia; finalmente confessei que a missão que me confiara provocara-me um profundo mal-estar. Essa confissão suscitou mais perguntas. Rose estava louco de curiosidade, os sentidos todos em alerta, espreitando as falhas e prestes a saltar. Por um momento acreditei ver a palavra **Lebensborn** inscrever-se em letras imensas e pareceu-me que o olhava como o próprio Jüst o considerara, Karl Kraus, filho da Ordem Negra, filho de ninguém, filho de um outro tipo de filho, todos perfeitos e iguais, criança sem infância, nem coração, nem alma, nem descendência, criança da geração técnica nova e pura, Fonte de Vida. Acabou batendo em retirada. Acho seu mal-estar incompreensível, disse ele, em todo caso, o senhor não está explicando nada. Afirma que uma crise pessoal é uma transição obrigatória na vida de um homem; trata-se ou de uma generalização que quer erguer uma cortina de fumaça, ou de uma consideração que se situa deliberadamente fora de nosso assunto. E concluiu com as seguintes palavras de desdém:

acho que cometi um erro dirigindo-me ao senhor, talvez tenha superestimado o progresso dos conhecimentos em sua profissão. A conversa terminou com um silêncio e um aperto de mãos glacial. Voltei a meu escritório, mas não consegui concentrar-me em meu trabalho. Pretextei dor de cabeça e fui para casa.

Em 10 de janeiro, Lynn Sanderson telefonou-me à noite. Queria falar comigo urgentemente. Hesitava quanto ao local do encontro, preferia que não fosse público. Encontramo-nos em seu apartamento, uma cobertura ampla e cheia de luz, de decoração sofisticada: paredes em tons pastéis, algumas cenas de caça a cavalo, paisagens italianas, cortinas de flores entrelaçadas. Ali apareceu como era de fato, uma mulher acuada, dominada pelo remorso, uma pessoa cujo verniz de elegância estava totalmente lascado. Confiou-me que há mais de um ano sofria pressões e chantagens que a haviam levado a trair seu diretor, ora por medo das represálias por parte dos alemães (designava assim os adeptos de Karl Rose), ora devido ao estado alarmante de Mathias Jüst. Quase sem transição, confessou-me que fora namorada do patrão, sobretudo na época do quarteto. A relação logo esfriara em virtude do comportamento violento, imprevisível, de Mathias Jüst. Ela ter amado aquele homem, ela ainda amá-lo era uma evidência denunciada pelo timbre velado de sua voz e pelo cuidado com o qual falava dele. Mas era hora de confessar tudo, de me dizer tudo, tornava a encher seu copo, e o álcool libertava-a de um segredo escondido por tempo demais. Tive direito até a detalhes íntimos, quase impudicos, referentes à relação deles. Ele acompanhava-a até sua casa após os ensaios do quarteto, deixava-lhe cartas "poéticas", era um namorado inquieto, possessivo, obcecado pelo fato de poderem surpreendê-los. O mal-estar remontava, segundo Lynn, a dois anos, mas devia estar incubado há muito. Aquele homem tão duro, exigente, inflexível, revelava ser na intimidade profundamente vulnerável, uma criança sob uma carapaça social aparentemente sem falhas. Várias vezes vira-o chorar soluçando alto, sem conseguir explicar-lhe o que motivava aqueles acessos de desespero. Ela apegara-se àquela criança inconsolável apesar de suas reações de rejeição brutal, de seus longos períodos de silêncio, do desconforto de uma relação amorosa que trazia raros instantes de troca em um fundo de dor e de incompreensão. Ao final da noite, contou-me uma das lembranças de infância de Mathias Jüst. Reproduzo-a com detalhes porque me pareceu, assim como a ela quando fez a narrativa, o centro do sofrimento daquele homem. Tende-se assim a acreditar nessa espécie de causalidade que faz de um acontecimento único o local de onde tudo parece originar-se. O pai de Mathias, Theodor, participou durante a guerra de um batalhão de polícia que colaborava com a SS nas missões ditas de ocupação na Polônia ou na Bielorússia. Essas missões não eram puramente administrativas, já que se tratava de executar todo um programa de *reinstalação* em uma região de grande população judia. Mathias jamais soube em que consistiu a atividade do pai, mas foi testemunha de um acontecimento preciso. Num domingo, no início dos anos cinquenta, alguém reconhece seu pai na sala de um museu. É um homem manco, os olhos atravessados por um clarão. Vai até Theodor Jüst e fala com ele. O pai de Mathias finge não ouvir, do que a criança se lembraria com clareza. "Vi o senhor em Miedzyrzec em outubro de 1942", disse-lhe o homem, "havia mulheres e crianças deitadas perto do muro do cemitério." Sem esperar mais, Theodor Jüst puxa o filho pelo braço e sai precipitadamente do museu. Em casa, fica andando em círculos como um louco, tranca-se no quarto. No dia seguinte, o homem está na saída da escola, aproxima-se de Mathias e estende-lhe um bilhete endereçado a seu pai. No bilhete, só há o nome de um lugar e números: "*Miedzyrzec 88-13*". Ao ler o bilhete, o pai empalidece, pega o filho pelo colarinho, quase o estrangula. Mais tarde, por trás da porta do porão onde o encerrou, vocifera ameaças de morte. Um dia, surge no banheiro e enfia a cabeça do garoto na água, você não devia estar vivo, berra, outros deveriam estar vivos, você não. A imagem do pai dança por muito tempo diante do muro do cemitério de Miedzyrzec, e a criança pergunta-se o que os corpos faziam com os rostos voltados para o chão e o que os números significavam. Procura o local em um mapa, inventa uma história para si, imagina que oitenta e oito era o número de mulheres e treze, o de crianças. Ou treze o número de crianças mortas de um total de oitenta e oito. Acredita de fato que jamais deveria estar vivo, uma vez que aquelas crianças estão lá deitadas à sombra de seu pai, que caminhava por cima delas quando dava passadas largas no campo ou andava para cá e para lá no quarto como um leão na jaula. Esse é o segredo de Mathias, confessou Lynn Sanderson com tristeza. E ela levantou-se para pegar na cômoda um objeto enrolado em um lenço de seda que depôs com precaução na mesa de centro. Aquela deposição quase cerimonial do objeto, evidentemente um revólver, provocou um silêncio brusco entre nós. Mas, em vez de pensar no que Lynn encenava, ou seja, que Mathias lhe entregara o poder de impedi-lo de morrer, eu tornava a ouvir a voz de Lucy Jüst exprimindo medo por não ter encontrado a arma no fundo da gaveta. Compreendia que, confiando-a a Lynn e não a Lucy, colocava sua vida nas mãos da amante e não da esposa. De repente descobria a semelhança entre as duas mulheres, a mesma compaixão inquieta inscrita nos olhos, o mesmo apego de mãezinhas. E decerto elas pareciam-se fisicamente em sua fragilidade, delicadeza, sua fineza de traços, dois seres femininos e sensíveis aos quais o conduzira seu amor. Não peguei o revólver (uma Luger, em cuja coronha estava gravado em letras góticas o slogan **Blut und Ehre**), recusei-me a tocar nele, embora Lynn exprimisse por duas vezes o desejo de que eu a livrasse do laço mórbido que ele simbolizava. Antes de ir embora, disse-lhe que jogasse a arma fora, em qualquer lugar, numa vala, no lixo. Como meu anseio profundo era safar-me de toda aquela história, considerá-la como nada tendo a ver comigo, concluída, perdoada (mas por que a palavra *perdão*?), absolvida e encerrada definitivamente.

Voltei a meu trabalho na SC Farb. Mathias Jüst foi transferido para um hospital planejado em pavilhões a trinta quilômetros da cidade. Voltei ao meu trabalho, seleção, seminários. Lucy Jüst mandou-me duas cartas às quais não respondi. Seleção pela manhã, entrevistas, exames psicométricos, treinamentos à tarde, oito a quinze funcionários jovens, principalmente do setor comercial. "*Mathias sai aos poucos de seu mutismo"*, escrevia-me Lucy Jüst, *"falou-me do senhor."* Às vezes eu propunha algum exercício e saía da sala de conferências, ia fumar diante da janela, o céu de inverno era baixo e cinzento, carregado de chuva, via-me como um velho instrutor remexendo, sem acreditar muito, naqueles conceitos de motivação, assertividade, competências seletivas e propondo dramatizações que sempre provocavam os mesmos comentários, despertando alguns clarões crédulos nos olhos dos participantes. *"Mathias se abre cada vez mais"*, precisava Lucy Jüst, *"ontem fizemos um longo passeio pelo parque."* Eu evitava Karl Rose, e Karl Rose me evitava. Se por acaso ele entrava em meu prédio, cumprimentávamo-nos rapidamente sem que nossos olhares cruzassem. A porta de Mathias Jüst permanecia obstinadamente fechada. Soube que Lynn Sanderson obtivera licença por doença há três semanas. *"Não abandone meu marido"*, implorava Lucy, *"sei que o senhor é muito importante para ele."*

Ele telefonou-me em meados de fevereiro. Não reconheci de imediato sua voz ao telefone. Estava mais lenta, monocórdia, um pouco metálica, embora dissesse que estava melhor, que tomara consciência de algumas coisas sobre as quais gostaria de conversar comigo, se possível na ausência de Lucy. Não pude deixar de atendê-lo. Fui ao hospital visitá-lo no sábado seguinte. Era um lindo dia de inverno, com céu muito azul, frio cortante. Os pavilhões espalhavam-se por um amplo parque disposto ao redor de um solar do século XIX. Conduziram-me ao terceiro andar da velha edificação, que chamavam de Castelo. A porta estava entreaberta. Seu rosto era ocultado por óculos fumê, ele estava sentado em uma poltrona diante de um televisor ligado, mas sem som. Mal endireitou-se para me cumprimentar, pediu à enfermeira que fechasse a porta e nos deixasse a sós. Enquanto falava, administrava longos silêncios que pareciam significar apenas o tempo necessário para seu pensamento adquirir maior precisão. Fico satisfeito de o senhor ter vindo, disse-me, não podia confiar essa missão a Lucy; não vejo ninguém a não ser o senhor para cumpri-la a contento. A missão de que ele me encarregava era a de esvaziar o cofre de seu escritório particular. Tendo esse objetivo em mente, ele havia colocado no criado-mudo uma chavezinha e um papel com um código de quatro números. Como lhe perguntasse se deveria lhe trazer os valores que o cofre continha, respondeu em um tom quase de irritação: não são valores, não tem valor, Unsinn, faça o que quiser com aquilo. O único esclarecimento que obtive foi que assim pretendia fazer tábua rasa de um passado "repugnante e detestável"; foram essas as palavras que usou. Tirou os óculos por um instante, e pude ver as olheiras escuras, seus olhos levemente fora de órbita devido à medicação neuroléptica. Com seu velho terno de lã cinza, sua gola abotoada sem gravata e aquela espécie de tensão de estupor que se lia em seu rosto, tinha diante de mim a sombra de meu antigo diretor, um sobrevivente, um espectro, um doente. Parecia apressado em me ver partir, insistiu ainda que eu não perdesse nem a chave nem o código, e pronunciou algo como: "Verá, senhor, verá até onde chega a malvadeza dos homens."

Não tive de explicar nada a Lucy. Ela sabia. Ela aceitava que o marido a mantivesse afastada de certas coisas, como decerto deve ter consentido sua ligação com Lynn Sanderson. Mal me fez algumas perguntas (O que achou dele? Ele ficou satisfeito em vê-lo?), abriu-me a porta de seu escritório particular, onde me deixou sozinho. Não havia praticamente nada naquele grande cômodo de carpete claro, a não ser duas poltronas de couro, uma ampla escrivaninha de carvalho esculpido, uma estante para partituras da mesma madeira e uma caixa de música, antiguidade do século XVIII, na qual cinco figurinhas de músicos e dançarinos estavam dispostos em torno de uma miniatura de cravo, cada qual desses pequenos autômatos, pálidos e assustados, prontos a se movimentar assim que se pusesse o mecanismo em funcionamento. Apesar das grandes janelas que se abriam para o lago, talvez em razão do cheiro (levemente, requintadamente fétido), senti que penetrava em um recinto sinistro e até que profanava uma câmara mortuária. O cofre era embutido na parede, sua blindagem também revestida de carvalho adornado. Encerrava apenas um envelope de cartolina resistente que continha cinco cartas. Enfiei-o no bolso, devolvi as chaves a Lucy e saí correndo.

Aqui a narrativa adquire um rumo completamente diferente. Surge em mim terror, como na palavra latina *pavor*, ao tentar descrever as cinco cartas que ele guardara no cofre sem ousar destruí-las. Acreditava conhecer todo o segredo de Mathias Jüst, mas só tivera acesso à parte visível, que parecia se reduzir apenas a ele, explicada por suas lembranças dolorosas, designada por um diagnóstico como os que aprendi nos livros, na universidade, assim isolada e circunscrita, a fim de que ele fosse apenas o brinquedo de sua própria história, e de que esta me deixasse intocado, ileso, protegido pela distância que o observador se outorga. Além do senhor, ele disse, não via ninguém que pudesse cumprir essa missão. Sei que teria me recusado se não estivesse sendo movido por uma espécie de curiosidade selvagem, pela vontade de verificar se o cofre continha de fato os documentos que comprometiam Karl Rose, pela embriaguez de possuí-los e conquistar graças a eles o estatuto de intocável, porque parte de mim desejava acreditar ainda na pista Lebensborn, estranha, singular demais, dizia a mim mesmo, para ter simplesmente saído de um delírio.

As cinco cartas eram anônimas, haviam sido enviadas da cidade de N., a cada dois meses, em geral no dia 15 ou 16. A primeira remontava a mais de um ano. Encerrava um fac-símile de uma anotação secreta datada de 5 de junho de 1942, carimbada **Assuntos secretos de Estado (Geheime Reichssache!)**, e que se referia às modificações técnicas a serem feitas nos caminhões especiais em serviço em Kulmhof e Chelmno. Esse documento é conhecido pelos historiadores do Holocausto. "*Desde dezembro de 1941*", estava escrito, "*noventa e sete mil foram tratados (**verarbeitet**) de maneira exemplar por meio de três veículos cujo funcionamento não revelou qualquer defeito. A explosão em Kulmhof deve ser considerada um caso isolado, devido a um erro de manipulação. Foram enviadas instruções especiais aos serviços interessados para evitar tais acidentes. Essas instruções (**Anweisungen**) aumentaram consideravelmente o grau de segurança.*" Seguiam-se sete parágrafos que detalhavam as modificações técnicas a serem feitas nos veículos. Traduzo-as literalmente:

1) Para tornar possível o abastecimento rápido de CO, ao mesmo tempo que se evita o excesso de pressão, deve-se fazer duas fendas de dez centímetros na divisória de trás. Essas fendas terão válvulas móveis com dobradiças de folha de flandres.

*2) A capacidade normal dos veículos é de nove a dez por metro quadrado. Mas os grandes caminhões S. não podem ser usados com tal capacidade. Não é uma questão de sobrecarga, mas de mobilidade em qualquer terreno. Parece portanto necessário diminuir a superfície de carregamento. É possível chegar-se a isso encurtando em um metro a superestrutura. Reduzir o número de peças (**Stückzahl**) como se fazia até esse momento, não seria uma solução, pois a operação exigiria então mais tempo, pois é necessário que os espaços livres também sejam preenchidos de CO. Em compensação, se a superfície de carga for reduzida, mas completamente ocupada, o tempo de funcionamento diminuirá sensivelmente. Observemos que durante uma discussão com a firma, esta observou que um encurtamento da superestrutura acarretaria um deslocamento do peso para a frente, com o* *risco de sobrecarregar o eixo da frente. Na realidade, ocorre uma compensação espontânea pelo fato de que, durante o funcionamento, o carregamento (**Ladung**) tende a se aproximar da porta de trás, daí o eixo anterior não sofrer nenhuma sobrecarga.*

3) O tubo que liga o escapamento ao veículo é sujeito a ferrugem por ser corroído por dentro pelos líquidos que nele são despejados. Para evitar esse inconveniente, convém dispor as ponteiras de abastecimento de modo que o ingresso seja feito de cima para baixo.

*4) A fim de permitir uma limpeza cômoda do veículo, haverá uma abertura no meio do soalho, coberta por uma tampa vedada de vinte a trinta centímetros, que permita o escoamento dos líquidos fluidos durante o funcionamento. Para evitar qualquer obstrução, o cotovelo será munido de um crivo em sua parte superior. As sujeiras mais espessas (**Schmutz**) serão tiradas pela grande abertura quando da limpeza. Para isso, o soalho do veículo será levemente inclinado.*

5) As janelas de observação podem ser suprimidas, já que praticamente não são usadas. Poupar-se-á assim um trabalho bastante importante na construção dos novos veículos.

6) Convém garantir mais proteção para a iluminação. A grade deve recobrir as lâmpadas *a uma grande altura para que seja impossível quebrá-las. A prática sugere suprimir as lâmpadas que, como se observou, quase não são usadas. Contudo a experiência demonstra que, quando se fecham as portas do fundo, provocando assim escuridão, sempre se produz um forte impulso do carregamento em direção a porta. Porque a mercadoria carregada (**Ladegut**) precipita-se para a luz quando cai a escuridão. Isso complica o fechamento da porta. Constatou-se também que o barulho (**Lärm**) que se produz quando do fechamento da porta está ligado à inquietação suscitada pela escuridão. Parece portanto oportuno manter a iluminação antes e durante os primeiros minutos da operação. Essa iluminação também é útil para o trabalho noturno e para a limpeza do veículo.*

7) Para facilitar um descarregamento rápido dos veículos, dispor-se-á de um paneiro móvel sobre o soalho. Deslizará por meio de rodinhas em um trilho em U. Para retirá-lo e recolocá-lo no lugar, será usado um pequeno guindaste disposto sob o veículo. A empresa encarregada dos arranjos declarou-se incapaz de fazê-los no momento por falta de pessoal e material. Nosso esforço será portanto mandar executá-los em outra empresa.

O último parágrafo sugeria efetuar as modificações técnicas à medida dos consertos. Além dos dez veículos da marca S. que haviam sido encomendados. Como a empresa encarregada das reformas indicara em uma reunião de trabalho que as modificações de estrutura não lhe pareciam possíveis, o texto propunha apelar para a empresa H. para munir pelo menos dez veículos com as inovações sugeridas pela prática.

Finalmente a anotação fora submetida ao exame e à decisão do Obersturmbannfürher SS Walter Rauff. Estava assinada à mão:

I. A. (Im Auftrag [sob ordem]*)*
                                                Jüst

A segunda carta anônima encerrava o mesmo documento, mas o texto, apertado, muito escuro, aflorava como se estivesse impresso sobre um texto mais apagado, que ocupava toda a largura da página; seus caracteres estavam invertidos, como se tivessem de ser lidos em um espelho. Este segundo texto em filigrana revelava ser um amálgama bastante confuso de anotações técnicas bem atuais, provavelmente semelhantes às usadas pelos funcionários da SC Farb, e nelas se misturavam ora observações relativas a um novo produto, ora fragmentos de notificações que provinham indiferentemente do departamento de produção ou de pessoal e até da direção-geral. Esses fragmentos, curtos demais para serem identificados, estavam colocados lado a lado de acordo com uma ordem completamente aleatória. Eu não via o menor sentido naquele infratexto a não ser que tivesse sido colocado ali como um fundo gráfico do qual deveriam destacar-se os caracteres em negrito da anotação técnica de 5 de junho de 1942. Sob a assinatura do citado Jüst, o remetente reproduzira este aforismo:

> *O original cujas imitações*
> *são melhores não é um [original].*
> **Karl Kraus**

Na terceira carta anônima os dois textos haviam sido formatados com a mesma fonte tipográfica, havia contaminação do documento inicial pelas palavras que figuravam invertidas e no fundo da carta anterior. Tratava-se ora da substituição de uma palavra por outra, ora da irrupção repentina de um painel textual saído do vocabulário tecnológico atual, o conjunto formando um tecido léxico compacto, parágrafos e frases cuja constituição quimérica produzia associações estranhas, mais para incongruentes. Além do sentimento de incompreensão, era o aspecto cientificamente desorganizado daquela montagem que dava medo. Parecia que um vírus ou uma deformação genética ligara aleatoriamente os dois textos com a única instrução de produzir um texto final sem sentido, mas gramaticalmente correto. Parecia que o remetente anônimo deixara o acaso predominar; era essa ausência aparente de intenção que provocava uma impressão tenaz de mal-estar. Recopiando mais tarde, metodicamente, para mim mesmo, as passagens intrusas, só pude fazer uma constatação: pertenciam à linguagem técnica não tanto da engenharia concreta (ao que, no entanto, o texto inicial conduzia), mas de certa sociologia de comando, uma língua empregada mais nos serviços de pessoal e nas direções do que nas oficinas e linhas de produção. Única intenção confessa do remetente: a assinatura manuscrita, *Jüst*, estava ampliada.

A quarta carta pareceu-me a mais cínica. Desta vez tratava-se de fragmentos do texto inicial, livremente decomposto, fraturado, desconstruído, sobrepondo-se a uma partitura musical que aparecia em filigrana segundo a mesma disposição gráfica da segunda carta. Fazer dançar nas pautas, arrumar quase ludicamente os elementos de tal texto pareceu-me a pior das ignomínias. A emoção que senti impediu-me então de ver o que, no entanto, saltava aos olhos. Tinha em mãos, sem perceber, o primeiro envio que revelava o remetente.

A quinta carta encerrava as mesmas páginas do documento, mas estas estavam quase em branco, exceto pelo cabeçalho, Berlim, 5 de junho de 1942, e a assinatura, sempre ampliada, *I. A. Jüst*. Entre elas, um texto apagado, a não ser por algumas palavras que afloravam aqui e ali em sua tipografia original: *instruções, segurança, funcionamento, limpeza, observação, carregamento, barulho, trabalho noturno, reformas, avaliação*. Nessas páginas quase em branco, o remetente escrevera à mão:

Não ouvir
Não ver
Lavar-se até o infinito da sujeira humana
Pronunciar palavras puras
Que não mancham
*Evacuação (**Aussiedlung**)*
*Reestruturação (**Umstrukturierung**)*
*Reinstalação (**Umsiedlung**)*
*Reconversão (**Umstellung**)*
*Deslocamento (**Delokalisierung**)*
*Seleção (**Selektion**)*
*Evacuação (**Evakuierung**)*
*Licenciamento técnico (**technische Entlassung**)*

*Solução final da questão (**Endlösung der Frage**)*
A máquina de morte está em ação

Passado o primeiro choque da leitura, aos poucos fui obtendo as seguintes certezas. Era claro que as cinco remessas representavam as cinco fases determinadas de uma progressão concebida diabolicamente. A intenção ultrapassava o contexto de uma mera vontade de desestabilizar Mathias Jüst, seu objetivo era mais amplo e sem dúvida me dizia respeito como diria respeito a qualquer outro ser humano. O remetente parecia-me, aliás, uma pessoa informada, de inteligência superior. Assumira o risco de escrever à mão, portanto não se sentia em perigo de ser desmascarada. Intuitivamente, sentia que não podia tratar-se de Karl Rose. O diretor-adjunto jamais teria, a meu ver, tal plasticidade psíquica ou "artística" para desenvolver esse projeto e, ademais, as duas amostras de letra de que dispunha nada tinham de semelhante. A de Rose era apertada, nervosa, convulsionada, pouco legível, a outra era ampla, arejada, quase caligráfica.

Ao fazer algumas pesquisas, encontrei em uma coletânea de aforismos a citação de Karl Kraus, panfletário vienense morto em 1936. Pareceu-me então plausível e até provável que a quase homonímia Karl Rose/Karl Kraus agira no psiquismo doente de

Mathias Jüst para orientar suas suspeitas. Todos conhecem o terrível gênio literal da psicose em ação sobre um indivíduo, mas entre Rose e Kraus, havia mais que uma simples assonância: uma torção de sentido, uma passagem venenosa da língua materna à língua estrangeira.

Sob o pretexto de perguntar a Jüst o que deveria fazer com as cartas que encontrara no cofre, fui visitá-lo pela segunda vez no grande hospital. Recebeu-me no mesmo quarto, no terceiro andar do Castelo. Estava sentado em uma cadeira de madeira pintada ao lado da televisão desligada. Talvez esperasse ali há horas fixando o canto da parede por trás de seus óculos fumê. Suas mãos tremiam muito, seus joelhos agitavam-se em movimentos irregulares, naquela espécie de falsa impaciência provocada pelos medicamentos antipsicóticos. Disse-lhe que não tinham valor, repetiu-me, mentira pura. Meu pai não estava em Berlim naquela época, não era técnico, meu pai era um simples comerciante de Hamburgo recrutado à força para um batalhão de polícia no leste da Polônia. Ficou em silêncio por um bom tempo. É repugnante, tornou, nada tenho a ver com isso, livre-me disso. Como lhe observasse que a letra da última carta não correspondia à de Karl Rose, fez uma careta de acusação. Kraus, murmurou, Kraus é hábil demais para assinar com sua letra. Alguém bateu de leve à porta, uma enfermeira assustada que o interpelava, a voz um tanto forçada: senhor Jüst, seu remédio, senhor Jüst. Depôs na mesa um recipiente com pílulas e esperou sem nada dizer até que ele as engolisse. Quando foi embora, encontramo-nos novamente face a face, não distinguia seus olhos por trás das lentes fumê, mas acho que não fixava nada, que não havia olhar, a minha própria presença deixara de importar-lhe, e pensei naquela carta técnica, primeiro contaminada por um texto insano, depois devorada aos poucos por um processo de aniquilamento no qual aqui e ali flutuavam alguns vocábulos, palavras comuns, injunções proféticas, não ouvir, não ver, a máquina de morte está em ação.

Não consegui me livrar daquelas cartas. Quanto mais as lia, mais seu sentido parecia afastar-se de mim. O sentido de uma frase ou de uma imagem está ligado ao que um outro quer lhe dizer. Quem era o outro, o que queria dizer e porque me sentia, como contra a minha vontade, destinatário de sua mensagem? Na noite seguinte à minha visita ao hospital ocorreu um acontecimento interno bem determinante. Foi um sonho que necessito narrar com toda a precisão de que minha memória é capaz. Estava em uma fábrica desativada, em uma ampla sala deserta onde só restava o pedestal betonado das máquinas. Projetores pendurados em uma ponte móvel iluminavam um pequeno estrado de madeira onde quatro homens em trajes de cerimônia tocavam o quarteto de um tal Rosenberg ou Rosenthal. Atrás deles, havia uma porta imensa de duas folhas, barrada por uma trave metálica. Em determinado momento, ouviram-se golpes surdos cada vez mais violentos e que pareciam provir da porta. Um dos músicos acabou interrompendo a peça, levantou-se, depôs seu instrumento e foi manobrar a trave para entreabrir a porta. Acordei exatamente nesse momento. Minha angústia era extrema. Uma ideia, uma interrogação formou-se em minha mente. Procurei a carta onde apareciam as pautas musicais em filigrana e tive a confirmação do que devo ter visto sem ter de fato consciência: as pautas estavam reunidas em grupos de quatro, as páginas provinham de uma partitura de quarteto de cordas. As anotações, pouco legíveis, de tempo, não me indicavam, é claro, nenhuma pista mais precisa, mas só com este sinal, tudo ou quase tudo ficava claro.

Lynn Sanderson recusou-se a receber-me. Pretextou extremo cansaço, sequela de um problema hepático que a deixava muito fraca. A conselho médico, pretendia ir descansar na casa da mãe, na

Inglaterra. Como eu insistisse, disse estas palavras, que não davam espaço para apelação: se for para tornar a falar em Mathias, não e não, fiquei péssima com toda essa história, falei demais, mesmo com o senhor, falei demais.

Tornei a contatar Jacques Paolini. Ele me recebeu como da primeira vez em seu laboratório: o mesmo homem insinuante, de linguagem policiada, sorriso malicioso. Acolheu-me com certo calor: que boas notícias me traz, senhor psicólogo industrial? Estendi-lhe uma das páginas do quarteto que recopiara à mão para separar seu texto do que figurava em sobreposição. Tocaram esse quarteto?, perguntei-lhe. Pareceu-me um pouco surpreso, mas não se embaraçou, pôs os óculos e começou a cantarolar baixinho. O trecho é bem curto, observou, mas deve ser Franck, o segundo movimento. Sim, nós o cometemos na época, que o compositor nos perdoe. Paolini avaliou-me por cima de suas meias-luas: afinal, por que essa fixação pelo Quarteto Farb, o senhor quer mesmo despertar esses velhos fantasmas? Não pareceu acreditar em uma única palavra de minha resposta confusa. Contudo, deixou-se conduzir ao terreno das lembranças, evocando o quarto homem que era, este sim, um músico notável. Chamava-se Arie Neumann, era do departamento comercial e deve ter saído da empresa na época da reestruturação. Espantoso aquele Neumann, divagou Paolini em voz alta, ao seu lado éramos sombras de violinistas. O químico falava assim sem desconfiar de nada, aceitando não compreender bem o que embasava minha curiosidade. Ao final da conversa, e como última armadilha, perguntei-lhe se ouvira falar de Karl Kraus. Decididamente, observou, o senhor está me obrigando a brincar de perguntas e respostas cujas motivações não consigo apreender. Mas não resistiu à vontade de contar-me a seguinte história. Karl Kraus era tão eloquente que toda Viena acorria às suas conferências. Um dia, na década de 1930, Kraus, que jamais fora complacente com os nazistas, ouvira um discurso de Hitler no rádio e acreditara ouvir a si mesmo; ficara estupefato por reconhecer uma voz que usava os mesmo procedimentos oratórios de sedução, de enfeitiçamento e de galvanização, protegia-se, rastejava para cativar a audiência, depois, pouco a pouco, erguia-se, ousava, lançava bruscamente ameaças e encantações. A semelhança era tamanha que Kraus se convencera de que o jovem cabo fora assistir às suas conferências e furtara-lhe o ardor e a voz, então reproduzida por milhares de aparelhos de rádio, esses *Volksempfänger* que o nazismo distribuía nos lares para disseminar seus slogans. Essa história de roubo mimético é uma parábola aterrorizante, concluiu Paolini. Seu sorriso equívoco perseguiu-me por muito tempo após nossa conversa.

Fiz pesquisas acerca de Arie Neumann. Dei com uma ficha de emprego, escrita à mão por meu predecessor. Dava algumas informações sobre a idade, a família, a carreira. Arie tinha então cinquenta e cinco anos, era irmão de Cyril Neumann, pianista famoso, hoje falecido. Alguém escrevera em sua ficha: "*Sedutor, atípico, pouco rigoroso, pouco motivado, resultados medíocres.*" A cada ano, as anotações de avaliação confundiam-se com outros dados numéricos que refletiam a soma de negócios, em baixa quase constante. Antes de entrar para a SC Farb, Arie Neumann tentara a sorte como músico independente, em seguida associara-se a uma pequena fábrica de instrumentos musicais e depois a uma editora de obras especializadas. Por várias vezes, em algumas notas de despesas de hotel, constava este comentário lapidar: "*Superfaturado.*"

O sonho com o quarteto repetiu-se três vezes; anotei: nas noites de 24 de fevereiro e de 2 e 4 de março. Toda vez, o sonho deformava a cena inicial, ampliando desmesuradamente a porta metálica e reduzindo o quadrilátero iluminado onde os músicos se apresentavam. Eles acabaram assemelhando-se a bonecos mecânicos e até a pequenos autômatos congelados na caixa de música do escritório de Jüst. Uma angústia antecipadora fazia que meu sonho se interrompesse cada vez mais cedo. Da última vez, não me lembrava de mais nada, sabia simplesmente que se tratava daquele sonho e não de outro, e sentia, ao acordar, uma opressão respiratória, meu pijama banhado de suor, e meu coração batendo forte.

Em 8 de março recebi na empresa uma carta cujos caracteres tipográficos reconheci imediatamente. Não acreditava no que meus olhos viam, embora ela atualizasse com violência o que perpassara minha mente várias vezes. Minhas mãos tremiam ao rasgar o envelope. Na carta havia duas páginas atravessadas por fita crepe, como nos telegramas de outrora, sobre a qual corria um texto contínuo, sem qualquer pontuação. Cito um trecho:

-parece-que-se-obtêm-resultados-satisfatórios-quando-os-testes-são-utilizados-em-função-das-condutas-observadas-em-cada-circunstância-mas-isso-implica-uma-detecção-das-variáveis-pertinentes-a-partir-apenas-do-estudo-clínico-das-situações-concretas-de-trabalho-e-da-

*elaboração-de-instrumentos-específicos-mais-
do-que-o-recurso-a-ferramentas-padronizadas-
todo-elemento-impróprio-para-o-trabalho-será-
tratado-em-consequência-disso-tendo-em-vista-
somente-critérios-objetivos-como-se-trata-um-
membro-doente-manter-se-á-na-memória-
os-itens-um-idade-dois-absenteísmo-três-
adaptabilidade-segundo-o-eixo-competência-
convertibilidade-sem-omitir-as-notas-de-avaliação-
regularmente-reveladas-deve-se-ter-em-mente-quais-
pessoas-deficientes-podem-transmitir-os-danos-
às-que-as-sucedem-os-desempenhos-finais-serão-
avaliados-de-acordo-com-uma-nota-global-que-
combina-o-conjunto-dos-fatores-e-que-seleciona-os-
pressagiadores-segundo-sua-ligação-com-a-função-
profissional-visada-diversos-procedimentos-de-
classificação-a-priori-ou-a-posteriori-permitiram-o-
isolamento-dos-grupos-de-indivíduos-homogêneos-
nos-quais-os-pressagiadores-biográficos-revelaram-
-se-particularmente-úteis*

Os acontecimentos, as histórias das quais só queremos ser testemunhas, atores secundários, às vezes narradores, um dia fazem tombar sobre nós o espectro de sua evidência. Um primeiro movimento não me deixou rasgar a carta, mas voltei a mim, empenhando-me em achar as origens daquele inteligente emaranhamento de textos. Tratava-se em grande parte de frases muito comuns tiradas de um manual de psicologia do trabalho. Esses fragmentos revelavam-se vagos, colocados lado a lado, gerais, embora não pudesse me furtar de neles ver uma referência precisa à minha função e até à minha contribuição pessoal na época da reestruturação. No mesmo plano geral, dada a ausência de pontuação, algumas frases traíam outra procedência, fundiam-se ao primeiro texto e pareciam levar ao auge a lógica deste, constituindo inclusões malignas que tendiam a corromper-lhe a trama a ponto de certos termos de um vocabulário técnico contudo familiar encontrarem-se carregados de uma potencialidade de sentido de que não se suspeitava. Lembro-me de que não pude progredir na análise daquela literatura que pretendia estender-me um espelho deformante e grosseiro. Na época em que recebi a carta, senti raiva e medo. Raiva e medo de passar a figurar na linha de tiro do executor anônimo. O homem voltara-se para mim, deslocara sua arma, visava-me como um atirador solitário no ângulo cego de uma janela. É claro que não havia menção de remetente, a carta havia sido postada, como as dirigidas a Mathias Jüst, na cidade de N.

Paolini, a quem procurei imediatamente, pretextou que tinha trabalho demais no laboratório, e aceitou de má vontade um encontro na hora do almoço no refeitório da empresa. Aquela reticência era um dado novo. Se estava escolhendo aquele local, público demais, o tempo todo barulhento, era porque queria evidentemente restringir nossa conversa. Deparei com um homem distante, embaraçado, jogando tanto quanto possível com registros de evasivas e digressões. Acabei mostrando-lhe um trecho da carta anônima e perguntando-lhe se era ele o autor dessas remessas e se ele se divertia com aquele jogo detestável. Leu com calma e atenção o fragmento e em seguida ergueu em minha direção um olhar carregado de segundas intenções; pronunciou estas palavras: então essa história não vai acabar nunca. À pergunta: esteve com Neumann depois de nosso último encontro?, ele não respondeu nem que sim nem que não, mantendo um silêncio eloquente.

Nessa tarde, senti um mal-estar enquanto estava trabalhando, o primeiro de uma série que, a partir desse momento, pontuaria a animação de meus seminários e faria vacilar aos poucos a certeza tranquila que fizera de mim um técnico rigoroso e apreciado. Senti bruscamente uma impressão de desdobramento, via-me hesitar com respeito às palavras cujo sentido me era de repente estranho; o olhar dos participantes acentuava minha perturbação, e a angústia crescente provocava um acesso de transpiração profusa e até uma sensação de falta de ar. Recuperava-me como podia, apoiando-me em alguns subterfúgios, e o resto da sessão transcorria em uma tensão constante, quando eu precisava ficar atento às minhas menores intervenções. Acabei temendo esses seminários; pretextava uma sobrecarga hipotética do trabalho de seleção para adiá--los, e tentava recuperar a confiança mergulhando à noite em leituras científicas em geral difíceis. Estava coberto de dúvidas, tinha a impressão de que minha própria escolha profissional (essa escolha que fazia discorrerem tanto os manuais de psicologia do trabalho) repousava sobre um mal-entendido fundamental. De fato, qual o sentido de motivar as pessoas para um objeto que, no fundo, lhes diz tão pouco respeito? Em alguns momentos, felizmente passageiros, tive até a sensação de ser visado por uma espécie de destino. Esse pensamento instigou--me a queimar as cartas anônimas. Não as queimei, convencido da inutilidade do gesto, e sentindo de forma confusa que nem tudo fora dito, que cada uma daquelas cartas constituía uma prova que ainda não falara e que, finalmente, fazê-las desaparecer não aboliria sua carga assustadora ou malévola. Em

22 de março, recebi uma correspondência que temia tanto quanto esperava. Nela encontrei as duas mesmas páginas atravessadas por fita crepe, os mesmos fragmentos transplantados de um manual de psicologia do trabalho, mas nesta carta parecia (e a comparação entre as duas cartas não deixava qualquer dúvida) que o primeiro texto técnico fora invadido e como que devorado pelo *outro* texto, do qual isolo os fragmentos mais significativos:

-todo-elemento-impróprio-para-o-trabalho-será-tratado-em-consequência-disso-tendo-em-vista-apenas-os-critérios-objetivos-como-se-trata-um-membro-doente-ou-gangrenado-

-a-triagem-será-efetuada-segundo-o-planejamento-descrito-nos-casos-de-dúvidas-é-útil-reportar-se-ao-questionário-do-Reichsarbeitsgemeinschaft-Heil-und-Pflegeanstalten-

-o-programa-Tiergarten-4-levará-em-conta-a-capacidade-para-o-trabalho-maquinal-compreenda-se-por-isso-a-aptidão-a-repetir-o-gesto-eficaz-sem-perda-de desempenho-

-em-Grafeneck-nove-mil-oitocentos-e-trinta-e-nove-foram-tratados-em-Sonnenstein-cinco-mil-

novecentos-e-quarenta-e-três-em-Bemburg-oito-mil-seiscentos-e-um-e-em-Hadamar-dez-mil-e-setenta-e-dois-

Aqui a alusão ao programa de erradicação dos doentes mentais, batizado pelos nazistas de **Tiergarten 4**, pareceu-me mais do que grosseira: insultante. Mas, dessa vez, ele escrevera seu nome atrás do envelope: "Arie Neumann, Café Salzgitter, N., entre dezessete e dezenove horas."

Jamais vou me esquecer daquele grande café triste que abrigava uma pista de dança à antiga e um velho piano laqueado de branco. Dois garçons de libré vagavam entre as mesas, uma música de fundo distante e um zunzum leve. Os clientes cochichavam como que para não perturbar o ambiente. Levei certo tempo para avistá-lo atrás do espaço aberto da pista, pareceu-me que só podia ser ele: aquele homem sozinho à mesa, ao lado de um casaco embolado e fumando em silêncio, o olhar devaneante, escrevia de vez em quando algumas anotações em um caderninho. Um pulôver desfiado, longos cabelos grisalhos presos atrás com uma fita preta, um rosto empalidecido pelas luminárias, a ossatura saliente. O garçom veio substituir seu copo com uma precaução respeitosa. Aproximei--me dele, interpelando-o baixinho:

Arie Neumann? Ele pousou em mim um olhar intrigado, fez-me precisar meu nome e convidou-me a sentar. Reproduzo o mais fielmente possível essa conversa, embora ainda hesite a respeito de algumas palavras que ele pronunciou. Lembro-me de que a princípio fiquei petrificado por seu olhar claro, que tentava menos me penetrar do que me reconhecer. Por que o senhor veio me encontrar?, perguntou com uma curiosidade amável, quase bondosa. Respondi-lhe: a segunda carta que me mandou era uma provocação para o encontro. O senhor poderia ignorá-la, objetou no mesmo tom suave, desprendido, o senhor também poderia tê-la queimado. Gaguejei: decerto tinha necessidade de dar-lhe um rosto. E ouvi-me acrescentar, a garganta travada: é covardia mandar cartas não assinadas. Uma covardia, repetiu ele, depois expôs em voz lenta: acho que todos os textos estavam assinados, por um nome ou pela clareza do *corpus* do qual foram extraídos; só reuni fragmentos que não me pertencem e, com isso, não sou o único responsável pelo problema que o traz até mim. É um argumento um tanto fácil, retorqui, o senhor sabe melhor do que eu o quanto cada um desses textos foi escolhido, dirigido, cientificamente diagramado; a perversão consiste em não aparecer em plena luz, não é honesto, não é humano agir dessa forma. Ele encarou-me em silêncio. O senhor tem razão, concordou, as palavras são exatamente estas: não é humano. E acrescentou em voz baixa: minha única complacência foi brincar com os textos e com as formas sobre o branco da página. Uma brincadeira gratuita sobre o patronímico de Jüst, observei-lhe. E, no entanto, tudo está ali, encadeou ele, no acaso terrível de uma homonímia. Depois disse: uma brincadeira com o nome, uma palavra por outra, uma semelhança, o sentido pode aparecer quando se assume esse risco. E ficou de novo em silêncio. Tive a impressão de que não poderíamos ir mais longe, que a cada uma de minhas perguntas replicaria nesse tom de evidência com essas formulações gerais, vagamente equívocas. No entanto, percebia em seu olhar tristeza e até sofrimento velado, que desarmava essa mistura de receio e fúria que o encontro provocara em mim. Assisti à loucura lenta de Mathias Jüst, tornei. A loucura estava presente desde o início, murmurou, existia antes dele, bem antes dele. E emitiu esta frase: também conheci a loucura de Jüst, mas na época em que estava gelada como seu coração. Tirou seu maço de cigarros e ofereceu-me um. Quando Mathias Jüst tocava, recomeçou pensativo, parecia com uma criança aplicada, inquieta, atraída pelo vazio e agarrada a seu instrumento. Toda a tensão do homem revelava-se nesse instante. Foi mais tarde, quando a música acabou, foi mais tarde que me dei conta da medida de sua cegueira, mas também de outra cegueira, bem pior, bem mais extensa, algo como um desarranjo da língua absorvido por aqueles seres de loucura gelada, como Mathias Jüst. Era o caso de despertar aquela loucura?, perguntei-lhe. Ele respondeu pesando cada palavra: olho por olho, dente por dente, na violência do que não é dirigido a ninguém, por ninguém, entende? Como eu afirmasse não estar compreendendo, iniciou a narrativa de uma história, uma espécie de alegoria sombria que também dizia respeito à nota técnica de 5 de junho de 1942, como se jamais fôssemos acabar com ela, como se estivéssemos condenados a lê-la e relê-la sem parar. Lá longe, começou, há um caminhão cinzento que atravessa a cidade, é um caminhão banal, metalizado, que se dirige ao poço da mina a dois ou três quilômetros das últimas casas. O motorista e o condutor não se voltam para a vigia que permite espreitar o interior do compartimento de carga. Estão cansados, ainda têm de fazer mais dez carregamentos antes do cair da noite, dez travessias da cidade em condições penosas. Ainda mais porque nos primeiros minutos do transporte devem ligar o gás do motor no máximo para encobrir aquelas espécies de gritos e sobressaltos estranhos que chegam até a desequilibrar o veículo. Felizmente tudo volta à calma bem depressa, e o transporte sempre se efetua a tempo, dentro do planejamento previsto. Veem-se um, dois, dez caminhões convergindo ao poço da mina. Para onde vão os caminhões?, pergunta a criança postada à janela. Vão até a mina, fazem seu trabalho. Quando a noite cai, os veículos ficam alinhados no pátio da escola, os motoristas passam um para o outro uma garrafa de aguardente, estão extenuados, felizes por terem terminado uma jornada que começara, como as outras, cedo demais. Os condutores terminam suas contas da jornada e entregam suas anotações do dia a um oficial contramestre que lhes dá um tapinha no ombro e brinca com cada um deles. O oficial acha que, se o tempo continuar ameno, sem que a chuva faça os caminhões atolarem, conseguirá terminar a missão no final da semana. E seu superior, o Obersturmbannfürher, o que detalhou a ordem a cem quilômetros dali, felicitar-se-á pelo bom progresso das operações. Se perguntar a cada um deles o que faz, ele responderá que tudo está acontecendo como previsto, talvez com um pouco de atraso em relação ao planejamento, responderá na língua morta, neutra e técnica que o tornou um caminhoneiro, um condutor, um Unterfürher, um contramestre, um cientista, um diretor técnico, um Obersturmbannfürher. Arie Neumann esboçou um sorriso distante. Agora o senhor está compreendendo melhor? Fiz-lhe um sinal de que não. Disse-lhe que estava cansado de todas aquelas histórias de extermínio e de Holocausto, que sua evocação incessante acabava por destacar para mim um voyeurismo mórbido. Mal pronunciei essa frase, ele me pareceu deslocado, talvez provocante. O senhor é judeu?, perguntou-me após um silêncio. Estremeci, ouvi-me responder que meu pai era judeu, mas que o judaísmo era transmitido, como diziam, pelas mães. O judaísmo pelas mães, repetiu como se não acreditasse em mim, e aproximou sua mão de meu rosto, foi um momento muito estranho, durante alguns segundos esboçou esse gesto de erguer a mão até meu rosto e percorrê-lo com os dedos como se tentasse lê-lo pelo tato. Senti-me profundamente incomodado, tive de conter um movimento de recuo, tanto devido ao caráter íntimo daquele gesto (quase hierático em minha lembrança, destituído de intenção aparente, a não ser a de operar sobre mim uma espécie de reconhecimento lento, atento, incrédulo), quanto em virtude da alusão ao judaísmo que ainda ressoava de minha própria dissimulação. Acendeu outro cigarro, e percebi que tremia. A história que contou em seguida projeta outra luz sobre o que acabara de acontecer. A emoção travava-lhe a voz, enquanto falava comigo fixava-me com um olhar reprimido, como se estivesse olhando um outro através de mim. Teve de interromper seu discurso várias vezes. Estou vendo uma estação, recomeçou, vejo gente descendo embrutecida de vagões lacrados. Entre esses seres desvairados, titubeando no aterro, vejo um príncipe negro, senhorial, ao lado de uma ambulância com a cruz vermelha que puseram ali para compor o cenário.

O homem é médico, separa na multidão os fracos, os velhos, os doentes, os aptos para o trabalho. Diz: links, links, rechts, links, é só isso que diz. Um menino de doze ou treze anos, que mandou para a esquerda, debate-se como um demônio no meio dos uniformes verdes. Já parece robusto, voluntário. O oficial médico hesita, pensa em mudar de ideia, depois volta a si, vocifera: disse links, o que foi dito está dito. À noite, não consegue dormir, vai ao quarto de seu filho que está adormecido. Sabe que seu filho se parece com o jovem demônio judeu, é a semelhança, descobre, é a semelhança com seu próprio filho que há pouco o perturbou. Então deita-se na cama do filho, aperta--o em seus braços com tanto vigor que a criança geme de medo, sente em suas costas o contato com seu pai e tem vontade de gritar, mas não ousa fazê--lo, finge dormir, seu corpo, a pele de seu corpo lê o corpo do pai e irá lê-lo a vida inteira como uma sombra animal que o arrasta em sua queda, como suas duas palavrinhas que ressoam para sempre como uma litania hesitante: links, links, rechts, links... Esmagou seu cigarro e acreditei vê-lo chorar. Sem a menor crispação do rosto, na penumbra do café Salzgitter. Tinha a impressão de que estava longe de tudo, inatingível e contudo tão próximo, infinitamente vulnerável. E sua emoção apoderava--se de mim. Acabei perguntando-lhe por que ele me contara aquilo. Ele respondeu-me simplesmente: é

toda a nossa história. Que história, insisti, a sua ou a minha? Pareceu não ter me ouvido.
O senhor também é judeu?
Ele negou com a cabeça.
Mas Arie é um nome judeu.
Arie não é o nome que meu pai me deu.

Foi embora depressa, tocando em meu ombro como sinal de despedida. Incansavelmente repassei nossa conversa pela memória e, na confusão das impressões, pensei que, tanto quanto eu, ele temera e desejara o encontro. Tentei captar o instante em que ele se desequilibrara, situando-o bem cedo, no momento em que começara a falar de Jüst e de música. Em seguida, revi o gesto de sua mão em meu rosto, dizendo-me que talvez ele quisesse romper com esse movimento nossos isolamentos, forçar brutalmente uma passagem e desmentir a violência anônima das cartas, como se pretendesse me dizer com isso: não quero, não, não quero ignorá-lo, destruí-lo com essas cartas, a você que não conheço. Pensei em inimigos que não se reconhecem mais como inimigos, em amantes que tornam a se encontrar e proíbem-se de pronunciar uma única palavra, nesse sentimento que me restava de cólera aniquilada, de alívio profundo. Fiquei aliviado porque o homem tinha, a partir de então, um rosto. E lembrava-me da perturbação que de mim se apoderara quando a mão de Mathias Jüst se fechara sobre mim, aquele aperto angustiante que dissipava de repente o rosto do outro. Pois um levara-me ao outro, e talvez ambos acabassem por unir-se, agrupar-se, os dois altos, com sua máscara ossuda, dura, a obscura carga de memória que transportavam no fundo deles mesmos, e aquela acomodação insistente de seus olhares.

Não voltou ao Salzgitter, não o vi mais. O garçom pôde dar-me pouquíssimas informações. Precisou que vinha escrever ali, atrás da pista de dança, tomava algumas cervejas, não falava com ninguém, vinha algumas noites seguidas e depois desaparecia por períodos bastante longos. Devia ser músico porque às vezes pedia que se afixasse na vitrina um programa de concerto. E o jovem garçom mostrou-me um cartaz que anunciava o concerto de um conjunto de cordas para 8 de abril. Anotei a informação e parei por ali.

Em 24 de março, Karl Rose pediu que eu fosse a seu escritório assim que chegasse à empresa. Sua expressão era a dos dias graves; disse-me que lamentava ter de aplicar uma medida penosa e estendeu-me minha carta de demissão. A decisão não era amparada por nenhum motivo, a única indicação que aceitou dar-me foi a seguinte: alguns de seus colegas constataram certo número de falhas pouco compatíveis com o exercício de sua profissão. Não as precisou. A conversa desviou-se bem depressa para as modalidades de aviso prévio que não desejava que eu cumprisse. Ao deixar-me, lançou-me um glacial boa sorte. Dera-me uma hora para recolher em um saco plástico meus pertences pessoais, entregar a chave da sala e sair da empresa. Pela janela, uma secretária fez-me um sinal distante, tinha um lenço na mão, acho que estava chorando. Eu também tinha vontade de chorar, por certo de humilhação, um pouco de tristeza, a tristeza das pequenas mortes. Caía uma neve de março, alguns flocos que se desmanchavam, voláteis, como naquele dia de novembro em que Rose me convocara a seu escritório. Emoldurado por esses dois parênteses de neve, assim terminava aquele inverno, um inverno funesto com seus nevoeiros e aguaceiros. Dei uma boa caminhada pela cidade antes de voltar para casa. Em meu apartamento, tudo parecia-me surpreendentemente silencioso; arrumei minhas coisas (notas manuscritas, livros profissionais); abri, por escárnio, uma garrafa de champanhe, que bebi até me embriagar.

O concerto de 8 de abril era em uma antiga igreja barroca, livre de suas insígnias religiosas, a estrutura e as paredes nuas. O público estava espalhado; e a nave, glacial, apesar dos aquecedores a gás. Na primeira parte do programa, tocavam *Fratres*, de Arvo Pärt. O compositor estoniano, evocava-se, inspirara-se na visão de uma procissão de monges caminhando infinitamente à luz oscilante das candeias. Afirmava trabalhar com pouquíssimos elementos, uma ou duas vozes, três notas tensas, incansavelmente moduladas. Quando os músicos subiram no pedestal que servia de estrado, revi exatamente a cena de meu sonho. Arie Neumann era o último deles, segurava o violino com a ponta dos dedos. Depois de os outros se sentarem, permaneceu de pé por um tempo, o olhar estendido em minha direção. Para mim aquele instante mostrou-se mudo e desconcertante. E, quando, sobre o fundo de um bordão contínuo, as primeiras notas alçaram voo, vi o que não tinha conseguido ver, o que não quisera ver, aquelas imagens de repente muito nítidas da abertura da porta metálica, após a oscilação da trave, a massa negra dos corpos, o amontoado de cadáveres moles, enredados, **Ladung**, **Ladegut**, sob a lâmpada amarelada, e que escorregava com a inclinação lenta do assoalho, revelando aqui uma mão, uma perna, ali um rosto esmagado, uma boca contorcida, sanguinolenta, dedos agarrados ao tecido de uma roupa de baixo viscosa, suja de urina, vômito, sangue, suor, baba, **Flüssigkeit**, e o conjunto desses corpos, **Stücke**, rolando murchos uns sobre os outros, deslocando o peso da massa para a fossa, todos aqueles cadáveres flexíveis, mas emaranhados, ainda confundidos, um alongado como uma boneca mole, outro agitado, dir-se-ia, por gestos convulsivos, cada um deles destacando-se lentamente com o deslocamento do peso, **Gewichtsverlagerung**, cada um deles desfazendo-se aos poucos do aperto humano de asfixia, uma máscara careteira, uma face azulada, estupefata, e, sob o **dicker Schmutz**, a merda, aqueles serezinhos entre as pernas das mulheres, velhos esqueléticos, aquelas menininhas de olhos encovados, aqueles meninos nus cobertos de equimoses, todas aquelas criaturas, **Stücke**, que tinham nomes, **Stücke**, em uma língua que mais do que qualquer outra se dedicava à paixão sagrada dos nomes, das palavras e das cerimônias, **Stücke**, Moisés, Moshe, Amos, Hannah, Shemel, Shemuel, **Stücke**, minha mãe, meu amor, **Stücke**, Micha, Maika, Magdalena, **Stücke**, **Stücke**, **Stücke**, cada um daqueles corpos emergindo aos poucos do cerne terroso da massa para cair um após o outro, aos pares, aos pacotes, no buraco escuro da mina, **Dunkel**, o mar de corpos escondidos, engolidos, de onde sobem gritos e clamores, nove violinos em discórdia, três notas estridentes. *Fratres*. Negro.

Não tenho outras lembranças com relação a essa história. Sei que um dia Lucy Jüst deixou um recado na minha secretária eletrônica, mas não respondi. Alguns meses após minha dispensa, consegui emprego em um abrigo para crianças autistas, onde ainda trabalho. É um trabalho desconfortável e mal pago, mas não tenho vontade de abandoná-lo. Existe uma beleza selvagem nessas crianças que perderam a comunicação com os homens. No entanto, não é isso que me retém. Talvez seja seu olhar, pois elas tudo veem, nada deixam passar de nossos ardis, de nossas habilidades, de nossas fraquezas. Uma delas chama-se Simon, como eu. Quando é invadida pela angústia, bate a cabeça na parede até sair sangue. Então é preciso aproximar-se dela com ternura e incentivá-la a se acalmar, abraçando-a, mas sem romper o pouco invólucro psíquico que lhe resta. É esse combate incerto, essa luta o tempo todo reiniciada contra as sombras, que me ensinou bem mais do que todos os meus anos de brilhante carreira na SC Farb. Às vezes acho que é meu ato de resistência íntima a Tiergarten 4. E penso que me agrada estar agora à margem do mundo.

Meus agradecimentos à Fundação Auschwitz de Bruxelas e a Marie-Christine Terlinden, pela ajuda preciosa na tradução da nota técnica de 5 de junho de 1942. Agradeço também a Pascale Tison e Bernadette Sacré, pelos elementos "espinhosos" que colocaram em meu caminho enquanto trabalhei neste texto.

F. E.

ESTE LIVRO FOI COMPOSTO EM GATINEAU CORPO
12 POR 16 E IMPRESSO SOBRE PAPEL PÓLEN BOLD
90 g/m² NAS OFICINAS DA GRAPHIUM EDITORA EM
SETEMBRO DE 2010